Pássaros de cidade

Julia Dantas

Pássaros de cidade

Coleção Narrativas Porto-Alegrenses

coragem

Porto Alegre
2025

Projeto editorial e diagramação
Thomás Daniel Vieira.

Coordenação geral da coleção
Luís Augusto Fischer.

Capa
Cintia Belloc.

Preparação e revisão de texto
Flávia Schiochet e Samla Borges.

EDITORA CORAGEM LTDA
www.editoracoragem.com.br
contato@editoracoragem.com.br
(51) 98014.2709

Primavera de 2025.
Porto Alegre, Rio Grande do Sul.

Dados Internacionais de Catalogação na Publicação (CIP)

D192p Dantas, Julia
Pássaros de cidade / Julia Dantas – Porto Alegre: Coragem, 2025.
112 p. : il. – (Coleção Narrativas Porto-Alegrenses; v. 10)

Publicada originalmente em formato de folhetim na Revista Parêntese
ISBN: 978-65-85243-66-7

1.Novela – Literatura brasileira. 2. Literatura brasileira. 3. Novela. 4. Literatura sul-riograndense. 5. Narrativas – Porto Alegre. I. Título. II. Série.

CDU: 869.0(81)-32

Bibliotecária responsável: Jacira Gil Bernardes – CRB 10/463

Esta novela foi publicada originamente em formato de folhetim na Revista Parêntese. A coleção narrativas-portoalegrenses é uma parceria da Editora Coragem e o Grupo Matinal Jornalismo.

Sumário

PÁSSAROS DE CIDADE

Los pájaros de ciudad
van surcando las fronteras grises
del continente de los tristes

Laura Murcia

ALBATROZ

Ele tem sete anos de idade e uma curiosidade continental. Está agora escondido no quarto, magoado porque a mãe levantou a voz na cozinha quando ele quis ajudar a limpar as compras do super, mas acabou quebrando um pote de pepinos. Primeiro ele ficou assustado com o barulho estridente, mas em seguida observou a pequena lagoa que se formou no piso, organizando os cacos de vidro e os pedaços de pepinos num arquipélago sobre os ladrilhos vermelhos. Então veio o grito da mãe, o que o assustou muito mais, tanto mais que ele não entendeu nada do que ela disse, mas ele foi logo colocado em frente à pia, e a mãe esfregava sabão nas suas mãozinhas e nos seus lábios. Os barulhos atraíram o pai, que foi encarregado de tirar o filho dali. É por isso que ele agora está no quarto e escuta as vozes dos adultos de longe, sem entender.

Pega o celular-temporário que os pais lhe entregaram apenas para enquanto durar a pandemia-temporária e envia uma mensagem para a avó. Não conta nada sobre os pepinos. Tem medo de que a avó também o repreenda por ter quebrado o vidro ou por ter, sem se dar conta, esfregado os dedos nos lábios enquanto atentava para o arquipélago em formação sob seus pés. Faz três dias que aprendeu a palavra arquipélago e está apaixonado. Quando ninguém está olhando, se permite brincar com a palavra nos lábios, erguendo e baixando as sílabas como se movesse as cordas de uma marionete: ar-qui-pé-lago. Mantém sempre juntas as duas últimas, pois gosta de pensar que, no meio do caminho, a palavra mergulha o pé dentro de um lago. Pélago é como o apelido de arquipélago.

Agora o celular treme com a chamada da avó. Ela sempre prefere ligar. Lúpino se dá conta de que não pensou em nenhuma desculpa para falar com ela, estava só em busca de um abraço-distante, mas não quer mencionar os pepinos. Por sorte, a avó nunca exige motivos, e logo vai contando ao neto da alegria de receber a mensagem dele, e também conta que foi no momento exato, pois ela acaba de tirar um bolo do forno. Como sempre, ela diz, vai congelar um pedaço grande para ele, para quando-tudo-isso-passar.

— De que é o bolo, vovó? — pergunta Lúpino, mesmo sabendo que ela vai responder que é de chocolate, o preferido dele, porque sempre é.

— Adivinha — ela pede, e ele responde só com uma risada.

Lúpino não sabe quanto tempo faz que não se encontra com a avó. Muito, muito tempo. Ele tem certeza de que o congelador dela já não tem espaço para mais nada, de tantas fatias de bolo guardadas. Quando sente saudade demais, Lúpino fecha os olhos e imagina o dia em que vai sentar com a avó e comer todo aquele bolo, e pensa que vai pedir para ela fazer uma cobertura, e pensa que ela vai comer bem pouquinho, só uma lasca de bolo com uma xícara enorme de café. A avó sempre fala que come que nem passarinho, mas Lúpino acha que ela não tem nada de passarinho, ele acha que ela é um passarão. A avó é alta e fala alto, e, quando o pega no colo, ele só não sente medo porque ela também é muito forte. Na escola, aprendeu que o albatroz é o maior pássaro do mundo e que, ao longo da vida, ele dá mais de duzentas voltas ao redor do mundo. Lúpino julga que a avó seria capaz de dar até quinhentas voltas no mundo e seria capaz de carregá-lo junto, sem precisar parar para comer nem uma fatia de bolo, porque ela nunca fica cansada. Porque pensava muito na avó, passou dias também pensando naquela palavra: al-ba-troz. Mas isso foi antes de arquipélago, antes de pandemia-temporária e antes de ser proibido sair de casa.

— Me conta alguma coisa do teu quarto — a voz carinhosa rompe a distração de Lúpino.

— Mas de novo, vó? — ele pergunta.

— Procura alguma coisa que tu não tenha visto antes.

Ele olha em volta para agradar. Quando ela começou com esse jogo, Lúpino a princípio não entendeu. A avó conhecia o quarto dele, e ele tinha se oferecido para mandar fotos, mas não era isso: ela queria que ele falasse. A avó explicou o que era uma descrição e pediu para ele descrever o roupeiro. Depois foi a cama, o ventilador de teto, o marco da janela. Até que a avó parou de dar instruções e, a partir daí, pedia que ele mesmo escolhesse alguma coisa. Então vieram a cadeira azul, a caixa de plástico com toalhas, a prateleira com super-heróis. Agora ela inventa esse novo desafio: algo que ele não tenha visto antes.

— A ponta do pôster do pterodáctilo!

— Como ela é? — pergunta a avó.

— Tá desgrudando da parede — diz Lúpino, sua voz já desprovida da empolgação anterior e tingida de certa melancolia causada por aquele pequeno acontecimento que ele ainda não sabe chamar de decadência.

A avó, de sua parte, não desanima:

— Olha mais de perto. Como é?

Lúpino puxa a cadeira azul para perto do pôster. Segura com uma mão o celular e, com a outra, se agarra ao encosto da cadeira e se puxa para cima. De pé sobre o assento, encontra o ponto de equilíbrio antes de aproximar o rosto da pontinha do pôster que se curva para baixo.

— Tá dobrado como uma orelha de burro num livro, vó.

— E como é?

— Por baixo é azul, porque é o céu atrás do pterodáctilo, e atrás é branco, mas um branco sujo, e tem uma teia de aranha.

A avó agora solta um gritinho de emoção. Quer saber mais sobre a aranha, mas Lúpino corrige:

— Não, vó, é só a teia. E é pequena.

— Então a aranha era pequena?

— Vó, eu já disse que não tem aranha, presta atenção.

— Me ajuda a imaginar, Lúpino. Uma aranha pequena.

Ele pensa um pouco.

— Eu acho que ela era azul. E veio aqui pra se camuflar com o azul do céu do pterodáctilo.

— Uhum.

— Ou então ela era vermelha e achou que o céu do pôster era de verdade e achou que aqui ia ter muitos insetos voando.

— Uhum.

— Ou então ela quis fazer uma toca atrás do pôster.

— Uhum.

Mas Lúpino para de ouvir porque, atrás de si, a voz do pai entra no quarto como um trovão mandando-o descer da cadeira *agora mesmo*. Os olhos do menino se enchem d'água. Ele não está acostumado a gritarem com ele dentro de casa, e levar bronca da mãe e do pai no mesmo dia é um evento inédito. Não consegue falar. A cara do pai se desmancha e ele se aproxima devagarinho. Lúpino tem os lábios trêmulos. O pai se abaixa e o abraça, pega-o no colo como se fosse um nenê, e o filho começa a chorar como se fosse um nenê.

— Desculpa, filho, mas se tu caísse podia se machucar.

O resto do dia passa quietinho. Lúpino brinca um pouco com as peças de lego. Pede para ver *Patrulha canina* na televisão, mas a mãe não deixa. Lúpino não entende por que a mãe anda tão insatisfeita com ele. Primeiro veio essa grande conspiração dos adultos proibindo todo mundo de sair de casa. Os pais dele não deixam ele sair de casa; a avó não sai de casa; a professora, quando aparece no quadradinho da tela do computador, diz para todo mundo ficar em casa. O que mais aborrece Lúpino é a falta de organização da conspiração dos adultos: ninguém sabe quando isso vai acabar. Eles falam o tempo todo em quando-tudo-isso-passar, mas nunca dizem se vai ser antes das férias de verão.

Lúpino vai dormir mais cedo que o normal. Na verdade, isso é o que ele diz aos pais, mas já faz semanas que, quando deita na cama, Lúpino fica olhando para a janela, tentando adivinhar na luz fraca que vem da rua algum sinal do mundo lá fora. Tem acordado no meio da noite sem saber o porquê, mas nunca conta para os pais. Não sabe como contar. Ele tem sete anos de idade, uma curiosidade continental, mas ainda não aprendeu a palavra angústia. Às vezes, de madrugada, se levanta e caminha sozinho pela casa. É novidade para ele isso de ficar sozinho. Lúpino olha para os objetos da sala e tem esperança de que, como em *Toy Story*, as coisas comecem a conversar com ele, mas elas não conversam. Às vezes, ele vai até a porta do quarto dos pais e olha para os dois dormindo. Foi já durante a pandemia-temporária que, pela primeira vez, ele viu os pais dormindo. Sentiu muito medo quando descobriu que os pais dormiam. Por isso, de vez em quando, ele volta ali, porque a avó lhe disse que os medos só passam quando a gente os enfrenta. Então ele fica na porta do quarto deles, observa como dormem, sente medo, enrosca uma mão na outra e volta correndo para a cama.

Mas hoje é diferente. Hoje a noite está mais comprida, e, quando Lúpino se joga de volta no travesseiro, cheio de medo e de enfrentamento, entende que não é só a mãe que está braba. Lúpino também está. Brabo, triste, o coração cheio da revolta dos injustiçados. Sabe que só existe uma pessoa no mundo que o entenderia: a avó. Precisa se encontrar com a avó-albatroz, se enfiar dentro das suas grandes asas. Lúpino pensa um pouco e sai da cama de novo. Ele conhece o caminho para a casa dela. É tão perto. Quando eles vão — ou iam, antes — visitá-la, só atravessavam três ruas e faziam uma curva. Lúpino sabe o caminho e sabe onde ficam as chaves de casa e do portão do prédio. As palavras da avó ressoam na sua cabeça: os corajosos não são os que não sentem medo, mas os que enfrentam o medo. Ele veste um blusão de lã, coloca os tênis e agarra um dos dinossauros de borracha na caixa de brinquedos. Antes de sair do quarto, lembra de pegar também uma lanterna. Ter lembrado da lanterna lhe dá a confiança de um homem preparado para uma missão. Vai em silêncio até a porta de saída. Precisa ficar na ponta dos pés para alcançar as chaves. Abre a porta e vai em frente. Entra no elevador com os braços cruzados sobre o peito. Ele não percebe, mas faz tanta força que o dinossaurinho de borracha está deixando marcas sobre a pele. Lúpino chega ao térreo com a coragem de quem chega à lua. A porta do prédio fica sempre aberta, e a chave verde é a do portão. Ele sabe, já viu os pais fazerem isso mil vezes. Sente o ar frio da noite e, em vez de sentir medo, já pode sentir o cheiro dos bolos da avó. A chave verde gira fácil, ele sai para a calçada e fecha o portão atrás de si.

SABIÁ

Lúpino ainda tem a mão agarrada às grades do portão do prédio quando ouve um carro passar a mil pela rua. Sua respiração também está a mil. Ele fecha os olhos e revê o caminho na cabeça. É perto e fácil de ir, mas há o frio e a escuridão. Lúpino aperta o dinossaurinho já quase disforme e se solta do ferrolho que até então o protegia. Olha para a esquina na direção da casa da avó e decide caminhar a passos pequenos, prestando muita atenção em tudo para não errar. Está em frente ao prédio vizinho, passando a mão pelo muro de pedras como quem se firma em meio à vertigem quando ouve: alguém grita o seu nome. Não é o pai, muito menos a mãe. Incerto sobre se deve sair correndo ou se esconder, Lúpino se vira na direção da voz e dá de cara com o amigo Domingos.

O vigia da rua sorri ao ver o menino. Fazia meses que eles não se encontravam. Antes, tinham um pequeno ritual quase diário: de segunda a quinta, quando Lúpino era trazido para casa depois das aulas de natação ou de inglês, ele corria para dar um abraço naquele homem grande e carinhoso, e então os dois ensinavam uma coisa nova um para o outro. Lúpino ensinou a Domingos os números até *twelve* e que o nado borboleta também pode ser chamado de golfinho, o que ele achava errado. Domingos ensinou Lúpino a fazer sanduíche de queijo com banana, o que o menino achou estranho, mas bom, e ensinou letras de músicas que o menino achava difíceis, mas boas, e que Domingos insistia que ele precisava aprender, porque o cantor tinha o nome parecido com o dele — se chamava Lupicínio e tinha sido um homem muito sábio.

É com o entusiasmo de sempre que Lúpino corre na direção de Domingos, os braços só menos abertos do que o coração. Mas, ao contrário de sempre, Domingos não se abaixa para receber Lúpino e depois erguê-lo no ar. Fica parado, e o menino se agarra às pernas dele, enfiando a cara contra sua barriga. A voz de Lúpino sai toda amarrotada enquanto ele tenta dizer a Domingos que está muito feliz e que tem muitas coisas para contar. Então Domingos dá um passo atrás, se enfia na casinha de vigia e sai dali usando uma máscara de tecido. Lúpino vê pelas marquinhas ao lado dos olhos que ele ainda está sorrindo, mas aquela máscara traz de volta tudo de ruim de que ele estava tentando fugir. Domingos nota, pois logo diz:

— É melhor a gente guardar os abraços para quando-tudo-isso-passar.

Lúpino se senta na calçada fria e apoia as costas contra o portão do prédio. Que traição. Os adultos são mesmo muito conspiratórios. Também Domingos foi cooptado pela seita das distâncias. Domingos já não é jovem, e é com algum esforço que também se senta no chão, apoiado, por sua vez, contra a guarita de vigia. As noites vinham sendo paradas ultimamente, por isso a aparição de Lúpino o alegra em dobro: por ver o menino e por ter um acontecimento bom em meio à madrugada. Ele aponta para a mão cerrada de Lúpino.

— O que tu tem aí, rapazinho?

Lúpino vai abrindo os dedos quase um por um, até revelar o dinossauro de borracha.

— É um estegossauro.

A voz dele sai desanimada. Domingos não quer criar alarde. Embora não se considere um homem muito estudado, tem amplo conhecimento sobre a psicologia das criaturas da noite. Sabe que não se pode confrontar diretamente um solitário noturno, é preciso deixar que ele mesmo se aproxime.

— E o que tu vai fazer com esse estegossauro?

Lúpino olha para Domingos. Depois olha para os lados, como se temesse que os pais estivessem à espreita para escutar sua confissão.

— Vou levar pra casa da minha vó.

Domingos conhece a avó Lorena. Com frequência era ela que buscava Lúpino nas aulas e o trazia para casa. Não era uma mulher especialmente conversadeira, mas, ao contrário dos pais, que apressavam Lúpino para subir logo, ela sempre deixava que ele ficasse ali na rua o tempo que quisesse.

— Eu não sabia que a tua vó gostava de dinossauros.

Lúpino ainda olha para os lados.

— A minha vó fez um bolo pra mim.

— Um bolo de quê?

— Chocolate. É sempre de chocolate — ele diz, e agora relaxa um pouco a cara franzida.

— Eu nunca comi bolo a essa hora da noite — Domingos responde, buscando com seus olhos os olhos do menino.

Lúpino cede.

— Ela não sabe que eu tô indo agora mas é que a vovó nunca briga comigo e na minha casa todo mundo briga comigo e é verdade que ela tem um monte de bolo de chocolate e ela sempre diz que eu posso falar com ela a qualquer hora.

Domingos entende. Diz isso ao menino: eu te entendo. Também Domingos está morto de saudade do neto dele. Lúpino já sabia que ele tem um neto? Pois sim, e Domingos conta sobre o netinho, pouco mais que um bebê, que ele via todo final de semana, mas que agora está fechado em casa com a mãe dele, sua filha Maíra. Lúpino fica fascinado com toda aquela vida secreta do amigo. É um assombro descobrir que ele tem idade para ter um neto. Lúpino achava que só pessoas de cabelo branco podiam ter netos.

— Domingos, se o teu neto fosse na tua casa a essa hora, tu ia gostar, não ia?

É uma boa armadilha, essa. Domingos precisa ser inteligente, mas sobretudo, sincero. É sempre inútil mentir para uma criança.

— Tudo que eu mais quero é ver o meu neto, rapazinho. Mas eu ia ficar com medo por ele. Essa doença que tá no ar, esse bichinho da doença, a gente nunca sabe onde ele pode estar.

Lúpino enche os olhos de lágrimas; é dolorido para os dois ficarem longe um do outro. A noite silenciosa oferece espaço para a tristeza. As árvores da rua calma do Bom Fim parecem cochichar para não atrapalhar a conversa. Domingos observa o menino à sua frente com a saudade que sente do próprio neto. Conhece Lúpino desde que ele tinha dois anos, quando vieram morar no prédio. Primeiro eram apenas a mãe e ele, depois começou a aparecer o novo namorado da mãe, que vinha e ficava cada vez mais tempo. Domingos não lembra quantos meses se passaram até que o namorado viesse de mudança, mas, nessa época, o menino já se referia a ele como pai.

Um sabiá canta perto da esquina. Domingos não sabe onde Lorena mora, mas sabe que é perto. Pergunta a Lúpino se ele conhece bem o caminho. Lúpino balança a cabeça em sinal de sim. O sabiá continua cantarolando, logo em frente. Antes que os olhos de Lúpino se encham de uma esperança excessiva, Domingos apresenta sua proposta: caminhariam juntos até a frente da casa da avó.

Lúpino poderia olhar para o edifício e matar um pouquinho da saudade, mas sem entrar. Está bom assim? Lúpino concorda e já guarda o dinossaurinho no bolso, porque não precisa da proteção dele estando com Domingos. Está animado, vai ser como quando quebrou o braço, aos seis anos — não podia jogar bola, mas gostava de ver os colegas jogando. Ficava mais fácil de sentir só a parte boa de sentir vontade e não poder.

Domingos se levanta massageando os joelhos. Lúpino já está de pé e estende uma mão para Domingos, exibindo orgulhoso, na outra, a sua lanterna. Domingos mais uma vez entra na guarita e sai esfregando álcool em gel nas mãos. Passa também nos dedinhos de Lúpino. E então eles começam sua aventura de mãos dadas. Não passam carros nem gente, apenas uma barata desorientada atravessa correndo a calçada irregular. Lúpino guia Domingos pela Castro Alves, atravessam a primeira rua sob o barulho do sabiá. Lúpino está muito concentrado, mas ainda assim pergunta a Domingos por que os passarinhos estão cantando a essa hora.

— Eu não sei — diz Domingos —, mas eu acho que eles sofrem de insônia.

— De quê?

— Insônia. É quando a gente quer, mas não consegue dormir.

Acabam de atravessar a segunda rua, e Lúpino interrompe um passo no meio e olha para cima, para o rosto de Domingos.

— Eu tenho isso — ele diz. — Eu tenho insônia.

— Faz muito tempo? — pergunta Domingos, e Lúpino não entende ainda, mas é isso o que ele mais gosta no amigo, o fato de que ele nunca duvida e jamais disse que as crianças não têm isso ou não sentem aquilo ou não têm idade para tal coisa.

Lúpino pensa um pouco, mas não sabe. Tinha começado durante a pandemia-temporária, mas quanto tempo era isso? Eles agora dobram à direita e começam a descer uma nova rua. A cidade aqui parece maior, porque lá para baixo da lomba se adivinham mais luzes e movimento. Lúpino se sente feliz em poder apertar a mão do amigo. Percebendo que o menino está em apuros com seus pensamentos, Domingos continua:

— Não importa. O que eu ia dizer é que a gente tem insônia quando fica muito preocupado, mas é normal.

— Eu tô muito preocupado, Domingos?

— Todos nós estamos, rapazinho.

Lúpino para de caminhar e aponta para um prédio do outro lado da rua.

— É ali que a vovó mora.

Eles atravessam. Aqui não há vigia nem porteiro. Lúpino se aproxima das grades e olha para o alto. Conta a Domingos que a avó mora no oitavo andar. Eles ficam um pouco ali, quietos, sempre de mãos dadas. Lúpino ainda está com o pescoço esticado para cima, e pergunta a Domingos se ele conhece o albatroz.

— É o maior pássaro do mundo, não é?

— Sim — o menino confirma.

— E onde ele mora?

— Isso eu não sei — Lúpino sacode a cabeça. — Eu acho que é num lugar alto que nem o oitavo andar.

O menino se abaixa. Arranca de uma fresta na calçada um pequeno trevo. Comum, de três folhas.

— Eu já tô pronto, Domingos, e tu?

Eles percorrem o caminho de volta com a impressão universal de ser mais rápido voltar do que ir. Na Ramiro Barcelos, um coletor de recicláveis passa por eles, vagaroso como um cadáver, e Domingos chega a fazer o sinal da cruz. Lúpino recolhe um resto de papel que caiu do carrinho e ficou para trás.

— Como é a palavra? De não conseguir dormir.

— Insônia.

O menino fica quieto.

— Quando tu não conseguir dormir — continua Domingos —, pode ir pra janela e ouvir os sabiás. Os sabiás cantam pra fazer companhia pra todo mundo que tem insônia. É como uma grande confraria.

Lúpino precisa de mais explicações sobre a palavra confraria, que considera até melhor do que insônia, mas não tão boa quanto arquipélago. De volta à frente do prédio, Domingos questiona se Lúpino consegue subir sozinho. Ele confirma que sim. Com os olhos úmidos mais uma vez, pergunta se não podem mesmo se dar um abraço. Fazem um novo trato: Domingos vai se abaixar, cada um vai virar a cabeça para um lado, eles vão prender a respiração bem firme e se dar um abraço contando só até três. Lúpino aproveita os três segundos com toda a sua capacidade de concentração.

Agora precisa subir. Daqui a pouco, Domingos também precisará atravessar a cidade para chegar à sua casa. Lúpino se lembra de perguntar se Domingos tem insônia, e ele responde que para ele é diferente, porque trabalha de noite, mas promete que vai explicar melhor na próxima vez que se encontrarem. Lúpino abre o portão, sente certa tranquilidade em pensar que pode visitar o amigo mais vezes. Abana para ele da porta do prédio e se enfia no elevador quase contente. Abre a porta de casa sem fazer barulho. Passa a chave e corre para a cama. Os sabiás ainda cantam lá fora. Lúpino adormece logo antes de o toque do telefone invadir a alvorada e acordar os pais no quarto ao lado.

ANDORINHÃO-DO-TEMPORAL

Lúpino sobe para casa e Domingos agora se permite tirar a máscara. Pensa que é melhor que o neto ainda seja pequeno demais para sentir o que está acontecendo. Será que é? Naqueles livros todos que a filha leu enquanto estava grávida, eles aprenderam que os primeiros anos de vida de um ser humano são cruciais para a sua formação. Cruciais, pensa Domingos, que não lembra quase nada da própria infância. Tem a vaga memória de uma vida rural subitamente interrompida pela mudança para a capital. Anos depois, lhe contaram que, enquanto a mãe saía para trabalhar, ele era cuidado pelas irmãs mais velhas. Cruciais, ele pensa de novo, ao ver que já são sete da manhã e ele pode ir embora.

Coloca uma máscara limpa. Fecha a guarita e sai na direção contrária à do passeio noturno. Segue a Castro Alves, sobe até a Independência. Agora ele tem uma longa linha reta para o centro. Nos primeiros meses da pandemia, a avenida ficou deserta. Era até bonito de ver. Parecia que uma nuvem mágica de calmaria tinha descido sobre a cidade. Quando a filha era criança, eles assistiam juntos à *Bela adormecida*, e Domingos gostava de uma cena em que as fadinhas voavam pelo reino e faziam todo mundo pegar no sono. Era a essa cena que ele retornava nos primeiros meses da pandemia. Já não lembra por que as fadas colocavam todo mundo para dormir, e a filha hoje detesta aquela "história de abuso disfarçada de romance", mas ele gosta da ideia de uma cidade adormecida em plena luz do dia. Por causa do trabalho, está acostumado a se mover quando todos silenciam, mas isso sempre ocorreu à noite, quando a cidade se escondia inteira pelas sombras. Percorrer a Independência deserta pela manhã tinha sido uma sensação nova. O sol batia no rosto e ele algumas vezes até tirou a máscara para sentir o calor nas bochechas. Mas isso tinha sido no começo.

Agora a avenida está de novo cheia de carros e de gente: olhos cansados — ou talvez amedrontados — a caminho do trabalho. Domingos também tem medo, evita chegar perto dos hospitais, por isso se mantém na calçada da esquerda quando passa em frente ao Beneficência Portuguesa, e cruza para o outro lado quando se aproxima da Santa Casa. Desce a Andradas até a Borges, e é o primeiro a chegar na parada do Agronomia. A maior vantagem do seu horário de serviço é andar de ônibus sempre no contrafluxo. Enquanto dezenas de pessoas descem pela porta de trás, ele é um dos poucos a entrar, e pode escolher um banco à vontade.

Tenta não dormir no trajeto. Gosta de deixar o olhar correr pelas avenidas grandes. Enquanto o ônibus avança na Bento Gonçalves, Domingos se entrega a um estado de quase meditação. A parte preferida é depois da Antônio de Carvalho, quando a cidade diminui de altura, fica mais espaçada e até ameaça desaparecer, mas depois retorna, cortada por ruas menores, feita de casas e áreas verdes. O ônibus passa pelas margens do campus da UFRGS, onde Domingos só entrou um par de vezes para encontrar a filha e tomar um café entre gente moça e estranhamente curiosa sobre a vida dele — os colegas de Sociologia de Maíra. Hoje, vê voar de uma árvore a outra um andorinhão-do-temporal. Olha de novo: é mesmo um andorinhão-do--temporal. Que fora de época, pensa Domingos, eles em geral só aparecem no verão. Procura por algum companheiro nas árvores ao redor, mas não enxerga nenhum. Sente-se um pouco triste, cogita que o andorinhão tenha ficado para trás na hora de migrar. Passado o campus, Domingos já vai permitindo que a meditação se transforme em sono. Desce na Dolores Duran, corta caminho pelos becos e chega em casa.

Está especialmente sonolento. Mesmo depois de meses, ainda se surpreende toda vez que abre a porta e percebe como a casa que antes lhe parecia pequena para receber a família nos almoços de final de semana agora está grande demais para abrigar apenas ele e o genro, Lucas, que está tomando café. Recebe o sogro sem muita conversa, mas aponta para o saco de pão quentinho em cima do balcão da cozinha.

— Hoje de tarde eu vou pro centro — diz Lucas. — Quando o senhor acordar eu já devo ter saído.

— Mas se hoje é sábado — responde Domingos, abrindo um pão ao meio. Ele percebe que Lucas finge se ocupar com alguma coisa no armário embaixo da pia, é o jeito dele de não responder. — O restaurante agora abre no fim de semana?

Lucas se vira, já um pouco contrariado.

— Tem manifestação hoje — ele responde rápido.

De novo aquilo das manifestações. Para Domingos é evidente que vidas negras importam, porque todas as vidas importam, mas ele não entende por que precisam ir gritar isso no meio da quarentena.

— Arriscar a vida para defender a vida, Lucas, não faz sentido.

— E eu não me arrisco todo dia indo trabalhar?

— Que nem eu. Mas justamente, pra que arriscar mais? Fica brincando com o azar.

E a isso se segue, como já se seguiu das outras vezes, uma conversa pesada e triste, que só não chega a se tornar uma discussão porque é mais triste que pesada, na qual Lucas fala da violência, do aprisionamento em massa, do preconceito, e com tudo isso Domingos se preocupa, mas aquela urgência pelo protesto, para quê? A conversa termina como quase sempre termina, com aquela frase que Domingos detesta escutar: é que o senhor não consegue entender porque o senhor é branco.

Aquilo deixa Domingos magoado. Como se fosse uma acusação. Objetiva e verídica, é certo, mas o magoa. É branco, mas pobre. Branco, mas não insensível. Branco, mas pai de uma moça negra, viúvo de uma mulher negra, avô de um bebê negro e lindo e que trouxe todo um novo sentido para sua vida, mas parece que nada disso conta na conversa com o genro. Sente falta da filha. Quando ela está junto é mais fácil. Com Maíra ele consegue conversar. Ele sabe que, se ligar agora para a filha, ela vai perguntar se o marido disse mais alguma coisa que deixou o pai magoado. Domingos vai querer contar, mas não vai conseguir lembrar. Ele sabe que o telefonema seria assim porque sempre é: a filha pede que ele aprenda a escutar Lucas, e Domingos tenta, mas, depois de cada discussão, ele se dá conta de que não tem ideia do que o genro disse, como se tivesse ficado temporariamente surdo. É que o senhor fica na defensiva, diz Maíra, e Domingos não responde, porque não sabe se ela tem razão ou não.

Na última vez que viu a filha pessoalmente, estavam só os dois. Era sábado, e foi bom. Lucas tinha ficado em casa com o bebê para que ela pudesse sair despreocupada. Caminharam até a pracinha. Meninos brincavam livres nos brinquedos de ferro. Mais para o lado, os mais velhos jogavam bola fazendo gols entre garrafas pet cheias de areia. As meninas estavam todas mais longe, sentadas sobre uma mureta em meia-lua que circundava ninguém sabia o quê. Domingos e Maíra eram os únicos adultos na praça. Entretanto, para Domingos, Maíra ainda preservava um ar de mocinha — até mesmo quando a via amamentando o nenê, Domingos quase pensava ver uma menina brincando de boneca —, e ele se julgou velho no meio daquela agitação matinal. Tinha completado cinquenta e cinco anos havia pouco, mas de repente sentiu carregar nos ombros o século inteiro.

— Que cara é essa, pai? — chamou Maíra removendo-o de uma névoa incerta.

— Nada, não — Domingos até sorriu —, tava só pensando.

— Eu te conheço, seu Domingos, não vai afundar nessa tua melancolia. Eu também não tô feliz com a ideia de ficar só com o Betinho e com a dona Fátima lá em casa, mas, se a gente se cuidar direito, em coisa de duas ou três semanas já nos vemos de novo.

Fazia pouco que os primeiros casos tinham sido registrados em Porto Alegre, apenas nos bairros ricos, mas Maíra tinha certeza de que nos próximos dias o vírus ia se espalhar. Domingos prestava muita atenção em tudo que a filha dizia. Ele nunca entendeu, dentre os seus amigos, aqueles que não gostavam de ouvir os mais jovens. Para Domingos, era o contrário. Cada vez que ele aprendia uma coisa nova com Maíra, sentia um orgulho imenso da filha estudada.

Essa visão ambivalente que Domingos tinha de Maíra começara na adolescência dela. Às vezes a enxergava como uma mulher elegante e séria, quase saída de um filme. Quando a viu descer do palco do salão de atos da universidade segurando um diploma, mal pôde acreditar que aquela pessoa pertencia à família dele. E logo depois, quando Domingos observou a filha abraçando colegas e professores, teve de novo a sensação de ver uma criança fantasiada de adulta. Mesmo que Maíra fosse uma das mais velhas da turma, a Domingos parecia que ele tinha há pouco a empurrado no balanço da mesma pracinha onde eles combinavam a logística do distanciamento social da família.

Maíra estava no meio da licença-maternidade. Ela ia cuidar do Betinho e de dona Fátima, que já tinha mais de setenta, era diabética e, apesar de tudo isso, ainda fumava. Lucas ia ficar com Domingos, já que os dois precisavam continuar trabalhando. Lucas saía de casa muito cedo, porque pegava na cozinha do restaurante às sete da manhã, o horário exato em que Domingos saía da vigilância e começava a voltar, de modo que eles mal se encontrariam nos dias de semana.

Domingos relembra aquele dia da pracinha e tem a impressão de ter sido em outra vida. No começo, ficava feliz de ter a companhia de Lucas nos momentos em que coincidiam em casa, mesmo que o genro lhe parecesse sempre meio arredio. Eles gostavam das mesmas músicas, e os dois se revezavam na cozinha preparando as refeições, tanto as deles quanto as que levavam para Maíra e dona Fátima. Domingos gostava de preparar as carnes, e Lucas fazia os pratos vegetarianos que, depois de muita desconfiança, Domingos aprendeu a gostar.

No fim da licença-maternidade, Maíra foi chamada de volta ao trabalho. Mas com Betinho ainda tão pequeno, quatro meses de vida, e os números da pandemia só aumentando, ela passou uma semana chorando no telefone com Lucas, até os dois decidirem que ela não voltaria. O dinheiro fez falta, e Lucas começou a fazer entregas por aplicativo depois de sair do restaurante. Domingos assumiu todo o cuidado da casa, e deixava comida pronta para quando Lucas chegava, faminto e exausto, em horários variados, mas sempre tardios. Quando Domingos voltava, na manhã seguinte, encontrava aquele prato solitário dentro da pia e sentia se condensar no peito a angústia de todos os meses.

Hoje o vazio chega quando ele deita na cama. Vira de um lado para o outro, mas não fecha os olhos. A insônia, ele ensinou ao pequeno Lúpino, pode ser aliviada pelos sabiás. Mas agora não ouve canto nenhum. Escuta apenas o genro se movimentando pela casa, sob o mesmo teto, mas inalcançável. Tanta coisa mudou desde o começo que Domingos agora é incapaz de lembrar sequer quais eram os assuntos que compartilhavam. Só consegue dormir ao pensar que, lá no banhado do campus, o andorinhão-do-temporal deve estar na mesma solidão desorientada.

BEM-TE-VI

Lúpino acorda tarde no dia seguinte à caminhada com Domingos. Está contente. Sai da cama arrastando as pantufas e a vontade de torrada de queijo. Ainda está esfregando os olhos ao chegar na sala e encontrar o pai e a mãe sentados muito grudados no sofá. A mãe olha para ele e também esfrega os olhos. Lúpino fica parado no limiar entre o corredor e a sala se perguntando se a mãe também acaba de acordar, mas com a sensação de ter interrompido alguma coisa que ele não deveria ter visto. Ela estende o braço e o chama. Ele se aproxima devagarinho, como um filhote desconfiado, e ainda para mais uma vez, a dois passos do sofá.

— Senta aqui, filho.

Ele olha para o pai, que acena com a cabeça. Lúpino se acomoda entre os dois. Não sabe por quê, mas não está gostando nada daquilo. A mãe começa a passar a mão no cabelo dele. Diz com uma voz macia:

— Filho, aconteceu uma coisa com o teu pai. O outro, o teu primeiro pai.

O outro pai raramente era assunto entre eles. Lúpino quase nunca pensava nele, naquele pai de antes. Na verdade, Lúpino nem se lembrava de como era o antes. E agora o primeiro pai era apenas um pai que aparecia de vez em quando nas férias da escola e o levava em passeios que ele não entendia muito bem. Se Lúpino queria ir no cinema, o pai que escolhia o filme; se Lúpino queria ir no parquinho de diversões, o pai o levava para jogar futebol; se Lúpino queria ir numa sorveteria, o pai sentava em restaurantes que só tinham sorvete ruim e ficava pedindo bebidas até muito depois de o sorvete ter acabado.

Está tentando lembrar de como é mesmo a cara do primeiro pai quando se dá conta de que a mãe continua falando e continua passando a mão no cabelo dele. Ela diz que o pai tinha ficado doente, que ele já tinha uma saúde muito frágil. Até então, Lúpino gostava bastante da palavra frágil, pois ela vinha escrita em caixas que chegavam pelo correio e com frequência portavam brinquedos de montar. Mas agora a mãe fala da saúde do outro pai — frágil, ela repete —, e ele pegou essa doença da pandemia, essa que faz todo mundo ficar em casa, e Lúpino sabe que ela é perigosa, não sabe? Então o pai precisou ir para o hospital, ele ficou internado, diz a mãe, os médicos tentaram fazer muitas coisas, diz a mãe, mas aconteceu que aquele pai já estava muito doente, e então ele morreu. Lúpino sabe o que é morrer, não sabe? Eles já conversaram sobre isso, ele tinha visto acontecer nos filmes, e agora aconteceu com o pai, mas ele não precisa se preocupar porque não vai acontecer com mais ninguém. Só aconteceu porque o pai tinha a saúde frágil e já estava doente desde antes e não tinha se cuidado, mas quem se cuida fica bem, então Lúpino e a mãe e este pai aqui vão todos ficar bem, porque eles estão se cuidando, mas o outro pai, não tem jeito fácil de dizer, o outro pai morreu e Lúpino pode chorar se quiser.

Lúpino não entende nada.

Então aquele pai que ele quase nunca via, agora ele nunca mais vai ver. Além disso, ele pode chorar se quiser. Lúpino não sabe se quer. Ou talvez sua intuição esteja avisando que os motivos que de fato o fazem querer chorar não são os motivos que a mãe sugere. Quer chorar porque está confuso, com medo do que não entende, com medo do vírus e com medo desta nova versão esquisita e instável da mãe. Sabe que a morte é coisa grave e sem volta. Sabe que um pai é coisa grave também.

Ele não terminou de pensar sobre o assunto quando a mãe joga sobre ele ainda mais uma novidade: vão viajar para a Serra, para o funeral, porque a avó dele — a outra avó — quer muito rever o neto que ela só viu quando bebê. Existe outra avó? A mãe explica que é a mãe do primeiro pai. O outro pai não falava nela quando vinha visitar?, ela pergunta, e Lúpino balança a cabeça em sinal de não. O pai não falava muita coisa quando vinha visitar, ou falava e Lúpino não lembra. Ele acha que faz tempo que o primeiro pai não vem, mas não tem certeza.

— Tudo bem, Lúpino? — pergunta o pai ao lado, o pai vivo.

Agora ele balança a cabeça em sinal de sim.

A mãe se levanta anunciando que vai preparar a mala dele para saírem logo depois do almoço. Lúpino fica ali, afundado entre um pai e uma almofada, perdido e diminuto, sentindo como este pai o abraça pelo ombro, beija a sua cabeça e pergunta se ele quer fazer alguma coisa antes da viagem. O menino diz quase num suspiro que vai ligar para a avó, e logo emenda, pra minha vó, ainda pasmo com o advento de uma nova avó, uma avó que, ele se dá conta agora, nem tem nome, e que, portanto, até pode ser a avó de alguém, mas certamente não é dele.

Lúpino arrasta as pantufas de volta para o quarto e procura o celular-temporário no meio dos brinquedos. A avó atende no primeiro toque. Basta ela dizer "oi" para ele começar a chorar. Ela escuta em silêncio. Espera.

— Vovó — ele soluça —, eu acho que eu não tô triste do jeito certo.

— E como é isso?

— Quando um pai da gente morre, a gente devia ficar triste.

— E tu não está triste?

Ele fica em silêncio. A avó-albatroz abre as asas.

— Não tem problema, Lúpino. Cada pessoa fica triste de um jeito. Não é sempre igual. A tristeza vem do que tá perto da gente, e teu pai estava longe. Não precisa pensar nisso agora.

A avó o convence de que essa é uma das muitas coisas que ele vai entender quando for mais velho. Apesar da imprecisão e do aspecto fantasioso da promessa, ela serve para acalmar Lúpino, que hoje se tranquiliza com aquele fato simples que em outras ocasiões o enerva: tem coisas que não são para crianças.

Ele não menciona a descoberta da outra avó. Lúpino sente que a existência de uma segunda avó é uma espécie de traição à primeira. Na escola, Lúpino ficava maravilhado com os colegas que acumulavam dezenas de parentes, mas também achava que ter apenas uma avó a tornava de alguma forma mais especial. Entre os colegas de turma, Tiago é quem tem mais avós. Contando os pais dos primeiros pais, os pais do segundo pai, os pais da nova mulher do primeiro pai e mais os pais do pai do meio-irmão mais velho do Tiago, ele chega em sete avós. Todo mundo tem inveja do Tiago no Natal.

Lúpino ouve a avó chamando do outro lado da linha e volta do devaneio. Ela garante que vai ficar tudo bem. Lúpino acredita e, por acreditar, consegue desligar. Pergunta ao pai se pode colocar um desenho na tevê. O pai não hesita e deixa ele escolher o que bem entender no menu da Cartoon. Lúpino fica contente, embora já desconfie que essa nova liberdade seja mais um indicativo da seriedade dos últimos acontecimentos. Ouve da rua os gritos de um bem-te-vi e se sente subitamente espionado. Bem-te-vi, declara o pássaro lá de fora, e Lúpino se pergunta se ele o vinha observando há tempos. Terá visto, o bem-te-vi, quando o pai apareceu pela última vez? Terá visto que Lúpino não chorou, nem sequer uma lágrima pequena de canto de olho? Será possível que ele saiba mais da vida de Lúpino do que ele próprio? Bem-te-vi, ele canta sem parar, e Lúpino se debruça na janela, mas, ao contrário do pássaro, não vê nada.

Durante o almoço, a mãe não para de falar sobre a rota que vão fazer até Nova Prata. Fala nomes de estradas e faz cálculos de pedágios que não significam nada para Lúpino. Ele queria fazer perguntas práticas, queria saber se podia levar o tablet, se ele ia ter que usar máscara o tempo todo, se ele ia ter que ver o pai morto. A mãe não dá chance e emenda uma frase na outra até a hora de lavar a louça.

Eles entram no carro no início da tarde. Lúpino senta no meio do banco de trás, de onde pode ver a cabeça da mãe, dirigindo, e a cabeça do pai, geralmente distraído olhando pela janela. Lúpino olha para a cidade onde mora como se fosse um recém-chegado. Faz tempo que ele não é levado para tão longe de casa. As ruas tinham sido sempre assim? Eles descem a lomba íngreme que Lúpino conhece de quando ainda tinha escola. Andar de carro sempre sacudia tanto? Ninguém está falando mais nada agora.

Lúpino vai cuidando os fios de luz, conta um poste, outro poste, mais um. Queria saber quantos postes tem até a outra cidade. Não pede o tablet. O celular-temporário está na bolsa da mãe. Ele deita no banco e observa as nuvens. Começa a sentir uma coisa parecida a quando está sozinho no quarto, tenta dormir e não consegue. Insônia, explicou o Domingos, mas agora tem outra coisa junto. Tenta pensar mais naquele pai. Tenta se lembrar das visitas. O esforço só serve para que ele se sinta ainda mais sozinho. Procura alguma coisa nas nuvens, mas não encontra.

— Mãe, a gente pode ter um sabiá?

A mãe responde sem tirar o olho da estrada.

— Da onde saiu essa ideia, filho?

— Os sabiás são uma boa companhia. O Domingos me disse.

— Mas tu não acha que passarinho tem que viver livre, Lúpino? Pra poder voar, cantar, viver solto. Tu não fica com pena de peixe em aquário? Passarinho em gaiola é a mesma coisa.

— Mãe, ele não precisa ficar numa gaiola. Ele pode ficar solto no apartamento.

— Mesmo assim, Lúpino. Ele vai ficar dentro de um apartamento a vida toda?

— A gente fica.

O pai ri. Lúpino acompanha pelo espelhinho da frente o olhar e o sorriso enviesado que ele dá para a mãe enquanto diz baixinho:

— Ele sabe ganhar uma discussão, né?

E a mãe sorri também e chega a olhar para trás, como se Lúpino tivesse feito alguma coisa especial. Bom, aquilo não serve de nada. Lúpino não quer ganhar uma discussão, quer ganhar um sabiá, mas ele sente no ar que os adultos encerraram aquela conversa. Ele sabe quando, sem palavras, os pais colocam um ponto final em alguma coisa. E também sabe que às vezes é possível desfazer esse ponto final em outro momento, de preferência um momento em que eles estejam felizes, então Lúpino decide deixar a conversa do sabiá para mais tarde.

Acaba pegando no sono ainda antes das curvas da Serra. Só acorda quando o carro estaciona em frente a uma casa de madeira pintada de azul. Lúpino vê o jardim de flores em frente ao portão e se pergunta se aquele é o cemitério, mas a mãe olha para trás e diz:

— Vamos ali falar com a tua vó?

PAPAGAIO-CHARÃO

Quando a família desce do carro, Lúpino não consegue assimilar que naquela casinha de madeira pintada de azul mora a avó desconhecida, uma suposta avó que o teria conhecido quando ele era bebê. Fica parado do lado do carro, ainda grudado à porta, sem querer avançar. É preciso que a mãe retorne e o leve pela mão até o portão de ferro. Ela aperta a campainha. O pai — o pai vivo e presente — está um pouco atrás, enquanto Lúpino tenta se esgueirar para o lado na ilusão de desaparecer no meio do canteiro de flores.

Do meio da roseira, ele tenta observar sem ser visto a porta que se abre devagar na casa, pela qual atravessa uma senhora muito enrugada, tão curvada para a frente que suas costas se arredondam como a casinha de um caracol. Lúpino acha que ela deve ter cem anos, duzentos anos, e olha para a mãe tentando descobrir pelo rosto dela o que ele deveria sentir.

O portão range quando a senhora o empurra. Por um segundo, o mundo para de se mover, até que a mãe dá um passo em frente e abraça a senhora-caracol. Depois, como se tivessem ensaiado um movimento síncrono, as duas se viram na direção dele. Lúpino tenta fugir para trás das pernas da mãe, mas ela o direciona delicadamente para a frente.

— Diz oi pra tua vó — ela assopra no ouvido dele.

Não dá tempo. A senhora já está com as mãos ao redor da cabeça dele e gruda um beijo úmido e desagradável sobre sua testa. Então ela diz "como tu cresceu" ou alguma dessas coisas que os adultos com frequência repetem. O pai se aproxima. É rapidamente apresentado à senhora-caracol enquanto os adultos vão levando Lúpino de arrasto para dentro da casa. Atravessam a sala sem demora e, como se todos já soubessem para onde ir, se espalham pela cozinha ao redor de uma mesa coberta até a metade por uma toalha florida.

A senhora-caracol pede que eles sentem enquanto passa um cafezinho fresco. Lúpino se gruda na mãe. O pai fica na frente deles e deixa a cabeceira livre. A mãe pergunta como a senhora está, diz que a senhora pode contar com ela para qualquer coisa e questiona se ele pegou mesmo esse novo vírus. Lúpino escuta tudo enquanto observa paninhos de crochê espalhados por todos os lugares. Um paninho em cima do micro-ondas, outro paninho vestindo o botijão de gás, mais um paninho dependurado na tampa do fogão e ainda um paninho aberto sobre a bancada da pia.

Uma xícara de café com leite aterrissa à sua frente. Ele olha para a mãe. Em casa, só tem permissão para tomar café de manhã, não de tarde e nunca de noite. A mãe o autoriza com um aceno ínfimo de cabeça, mas é um gesto inequívoco. Lúpino gosta quando ele e a mãe se comunicam desse modo imperceptível para o resto do mundo. Fica mais tranquilo e consegue enfim olhar com atenção para a senhora-caracol. Ela deixa um prato com biscoitos no meio da mesa, em cima de ainda mais um paninho de crochê, e se senta na cabeceira. Tem olhos inchados que fazem Lúpino pensar nas almofadinhas das patas dos gatos e cabelos pintados de uma cor não humana que Lúpino associa a casca de laranja. Ele demora a se dar conta de que está encarando a senhora e que ela agora o encara de volta.

— Tu era um bebê quando conheceu essa casa — a senhora diz.

Lúpino não sabe o que responder. A mãe faz um carinho no braço dele.

— A gente passou uma semana aqui, filho, antes de voltar pra Porto Alegre.

A linha do tempo da própria vida nunca foi muito clara para Lúpino. Ele sabe que nasceu em Porto Alegre, numa tarde de um sábado de sol, sabe que a família morou por algum tempo na Serra e sabe que só ele e a mãe se mudaram de volta para a capital. Mas não sabe nada sobre essa outra avó e muito menos sobre essa casa. Ao redor da mesa, todos os olhos pesam sobre ele. Cria coragem e se dirige à nova avó:

— Posso comer um biscoito?

Ela sorri.

— Claro que pode — ela diz empurrando o prato mais para perto dele.

Lúpino agarra um dos tijolinhos amanteigados e mergulha no café com leite. Essa simples ação parece devolver os adultos ao seu mundo de adultos. Escuta a avó-caracol dizer que não tem confirmação do diagnóstico, mas que a pneumonia foi muito rápida. Lúpino não consegue entender a diferença entre velório — que não vai acontecer — e enterro — que vai ser só com a família. O enterro está marcado para o final da tarde. Até lá, eles podem descansar um pouco.

Terminados os cafés, a avó sugere à mãe de Lúpino que mostre a casa para os outros, afinal, ela ainda deve se lembrar, não é? A mãe confirma e se levanta estendendo a mão para o filho. O pai diz que prefere esperar por eles no jardim. Lúpino e a mãe retornam para a sala, e a mãe explica que eles dormiram ali antes de ir embora para Porto Alegre.

— Tu era tão pequeninho, ficava enroscadinho do meu lado.

— Por que a gente ficou aqui, mãe, a gente não tinha casa?

A mãe demora a responder e começa a falar sem olhar para o filho. Conta que eles tinham casa, sim. Eles tinham vindo de Porto Alegre com o primeiro pai, porque essa era a cidade dele e aqui ele tinha conseguido um emprego melhor. Mas logo o pai começou a ficar doente. Era uma doença escondida, que fazia o pai ficar muito irritado, e ele começou a ficar muito brabo em casa. Lúpino não lembra, mas a mãe diz que aquele pai tinha se transformado numa pessoa que brigava muito. Em geral com ela, mas depois ele começou a brigar com o Lúpino também. Lúpino não lembra e sequer entende como pode ser isso de brigar com um bebê, mas presta atenção na mãe. Ela conta ter decidido sair de casa com Lúpino, mas precisava de um lugar para ficar até conseguir uma passagem de volta para Porto Alegre. Foi assim que eles acabaram ali, porque a mãe não conhecia quase ninguém na cidade, e ficaram até o primeiro pai se convencer a assinar a autorização de viagem para o filho.

— A tua avó foi muito importante, Lúpino. Só ela conseguia fazer teu pai mudar de ideia. Ela queria que a gente ficasse morando com ela de vez, mas também entendeu que era melhor a gente voltar pra nossa cidade e ficar perto da minha mãe.

A avó-albatroz! Que alívio a entrada de uma personagem conhecida na história de vida deles. Lúpino tem vontade de fazer muitas perguntas sobre o que lhe soa como uma fuga, mas a mãe já está avançando mais para dentro da casa e espera que ele a siga. Não demoram para ver tudo: um banheiro pequeno, no qual os paninhos de crochê cobrem a tampa da privada, e o quarto da avó, onde o crochê se esparrama sobre as duas mesinhas de cabeceira.

— A melhor parte dessa casa é mesmo lá fora, Lúpino. Quer ver a horta?

No jardim, a avó desconhecida e o pai vivo estão olhando os pés de couve. Assim que os vê, a senhora-caracol se aproxima e pergunta à mãe de Lúpino se elas podem conversar na cozinha. As duas se retiram, e o menino vai para perto das plantas. O pai remexe a terra sem explicar nada a Lúpino, até que mostra, entre os dedos em pinça, uma pequena bolinha marrom.

— Tu já tinha visto um tatu-bola?

Lúpino acha que não, e aproxima a cara da coisinha na mão do pai. Ele abre a palma mantendo a bolinha equilibrada sobre a linha da vida. Fica bem quietinho, pede o pai, e aos poucos a bolinha começa a se desenrolar até adquirir um formato de bicho. Depois de dar minúsculos passos com suas infinitas perninhas, o pai diz para Lúpino aproximar o dedo. Lúpino com cuidado levanta o braço e, com toda a concentração do mundo, estica o indicador. Quando está a milímetros de distância, o tatu-bola volta a sem embolotar, e Lúpino encosta o dedo na carapuça dura e fechada do animal.

— Como ele faz isso?

Antes que o pai responda, a mãe grita por eles da porta da casa. Ela se aproxima falando alto, num tom que Lúpino só vê ela usar com este pai e que, no geral, anuncia decisões que ela tomou na hora, mas finge estarem combinadas desde sempre.

— Acho que tá na hora de ir tomar um banho no hotel, e depois vamos direto pro cemitério.

O pai também deve entender o significado desse tom de voz, porque ele imediatamente concorda, joga o tatu-bola de volta na terra e se levanta. Após gestos apressados que Lúpino mal consegue acompanhar, ele de repente já se vê de novo dentro do carro. Agora é o pai que está ao volante. Antes de dar a partida, ele estica o braço pro lado, deixa uma mão cair sobre a perna da mãe.

— Tudo bem? — ele pergunta, e ela responde com um sorriso esquisito.

Chegando no quarto de um hotel pequeno e mofado, entregam para ele o celular-temporário e nem sequer o cobrem de advertências e restrições. Lúpino sente medo mais uma vez. Os pais ficam de pé, olhando para fora da janela. Lúpino não consegue ver muito da mãe porque ela está contra o parapeito, e o pai a abraça pelas costas. Lúpino escuta que eles conversam, mas não identifica as palavras.

Pensa em telefonar para a avó, mas não sabe o que dizer. O hotel é estranho, os pais estão estranhos. Ele se deixa absorver por um joguinho no celular, um dos fáceis, previsíveis e, portanto, tranquilizantes. Não sabe quanto tempo se passa até ele ser convocado pelos pais a trocar de roupa.

Vestido em cores acinzentadas, Lúpino é guiado pela primeira vez na vida para dentro de um cemitério. Estão ao ar livre. A nova avó está ali também, mas não vem falar com eles. Outras pessoas estão perto dela e olham para os recém--chegados com expressões de distância. Lúpino puxa o braço do pai.

— A gente pode ir embora já?

O pai se abaixa. Explica que eles vieram ver o enterro. Que é a última chance que o Lúpino vai ter de se despedir do outro pai.

Barulhos no topo das araucárias chamam a atenção de Lúpino. Ele ergue o rosto contra o sol e enxerga um par de pássaros verdes.

— São papagaios — diz o pai, ainda agachado ao lado dele.

Lúpino nunca viu papagaios assim.

— Por que eles têm a cara vermelha? — pergunta.

O pai já está de pé e dá de ombros:

— Nem todos os papagaios são iguais.

Lúpino olha para a senhora-caracol. As avós também não são todas iguais. Imagina a nova avó com a cara vermelha como a do papagaio. É uma coisa que viu uma vez num filme de terror que não era para a idade dele: os rostos das pessoas iam se tingindo de sangue até elas colapsarem mortas no chão.

Mas a avó não se tinge de sangue. Em vez disso, dois homens uniformizados os chamam para dentro de uma sala. A porta e todas as janelas permanecem abertas. Sem que ele peça, o pai pega Lúpino no colo. Uma vez lá dentro, a mãe cruza os braços, morde os lábios e parece inquieta: uma das pernas não para de sacudir de leve. Um caixão de madeira escura guarda um saco preto. Lúpino tinha sido avisado de que seria assim, de que ele não ia poder enxergar o pai, mas igual se surpreende. Pensou que eles iam pelo menos ver o ensacamento do pai, ou que poderiam se aproximar do saco preto, tocar nele. Mas sem demora o caixão é fechado e aparafusado, e os homens de uniforme começam a empurrar o carrinho para fora. A nova avó agora fica mesmo com o rosto vermelho, mas é pelo tanto que chora e assoa o nariz. Lúpino é colocado de volta no chão para se unir à fila de gente que segue os funcionários até uma gaveta cinza, numa parede cinza, onde colocam o caixão e fecham com tijolos e cimento cinza. E então é hora de ir embora. Lúpino não consegue entender por que todos se reuniram para olhar um saco preto ser emparedado.

— Mãe — ele chama — quando eu vou me despedir do meu outro pai?

Ela olha para ele com lágrimas empoçadas.

— Já acabou, Lúpino, essa foi a nossa despedida.

O pai se aproxima e vai de novo pegá-lo no colo, mas Lúpino se afasta.

— A gente ainda não fez nada — ele fala mais alto.

A mãe olha para o grupo de pessoas que ainda não se dispersou. O pai chama o nome dele com a voz firme. É o código para o fim da conversa, mas Lúpino sente a ferida da traição. Fizeram tanta coisa para isso? Não quer sair dali antes de afinal se despedir. Não conhece as palavras para se explicar, mas tem esperança de que, se o deixarem se despedir, ele vai enfim entender alguma coisa.

O pai estende a mão. Lúpino dá um passo para trás. O pai se abaixa. O olhar está fixo, mas macio. Ele pede: vamos embora, filho. Mas Lúpino não consegue, e grita a frase que na boca dele soa especialmente precoce e duramente sentida:

— Eu não vou com vocês eu vou ficar aqui e falar com o meu pai morto.

E este pai vivo, ainda que agora combalido, não faz mais do que abaixar a cabeça e se afastar.

CABURÉ

A noite está especialmente quieta. Não fossem os carros que descem rápido pela Miguel Tostes na confiança da solidão, Domingos poderia jurar que tinha voltado no tempo para o início da pandemia. Observa que as luzes no apartamento de Lúpino não se acenderam hoje. Fica um pouco inquieto porque, na noite da aventura do menino, enviou mensagens para a mãe dele contando o ocorrido, dizendo que eles não precisavam se preocupar. Nunca recebeu resposta. Ou a sua ousadia tinha causado tamanha fúria que os pais não quiseram sequer responder, ou alguma coisa tinha acontecido. Cogita enviar mais uma mensagem. Desiste. Não quer parecer invasivo. Os clientes não gostam de muitas intimidades. A empresa deixou muito claro quando o contratou que apenas os clientes podiam iniciar contato: para avisar quando forem chegar em casa, para pedir auxílio ou para fazer perguntas. Ele só podia ser o primeiro a enviar uma mensagem em caso de alerta ou emergência.

O falso silêncio da noite o perturba. Como passa muito tempo sozinho, Domingos tem a liberdade de pensar com frequência no silêncio. Tem a pequena obsessão de algum dia conhecer o silêncio, pois sabe que ainda não o conhece. O que a maioria das pessoas chamaria de noite silenciosa é, para Domingos, uma noite cheia de sutilezas sonoras. As folhas das árvores quase nunca se aquietam completamente, ou porque há brisa, ou porque algum animal pequeno passeia por elas.

Existem os silêncios mansos, calmos como as cabeças das corujas quando se enfiam para dentro dos seus pescoços. Existem os silêncios sobressaltados, durante os quais, quase sempre, baratas em corridas apressadas precedem temporais. E existem os silêncios vermelhos, quando o ar ganha uma nova materialidade e um leve cheiro de sangue anuncia terrores que só podem ser noturnos. Domingos nunca viu um incêndio, mas tem certeza de que esse é o silêncio das coisas queimadas. É o silêncio de hoje.

Senta-se na guarita e pega o celular. Abre na mensagem que começou a escrever para a filha e deixou pela metade. Sempre foi difícil para ele se comunicar por escrito. Preferia as conversas ao vivo, por isso guardava todos os assuntos para os finais de semana, quando se reuniam para almoçar e passavam a tarde juntos. Agora não sabe como dizer à filha o que gostaria de dizer. Ou talvez não saiba sequer o que é isso que gostaria de dizer ou até mesmo de pensar. Ficou chateado depois da conversa com o genro e sente que deveria tentar melhorar as coisas. Por fim, escreve apenas *Filha, queria te pedir desculpas se eu me passei com o Lucas ontem. Eu só tava preocupado.*

A resposta não demora a vir na forma de uma ligação.

— Oi, pai. — É bom ouvir a voz de Maíra. — O Lucas me falou que vocês ficaram num clima estranho.

Um clima estranho, pensa Domingos, será que era apenas isso? Mas quer aproveitar que a filha está ainda acordada e presta atenção em tudo que ela diz.

— Olha, eu fico feliz que tu queira pedir desculpas, mas acho que tu tinha que pedir desculpas era pra ele e não pra mim — ela diz e ri, do jeito leve que a risada dela sempre tem, na qual o deboche inocente dissolve as tensões que Domingos com frequência cultiva sem necessidade.

Ele já sorri um pouco.

— É, eu sei, filha, mas achei que tu podia falar com ele por mim.

Ela ri de novo.

— Mas se é tu que tá morando com ele, pai! Vocês se veem muito mais que eu.

— Tem razão. Bobagem minha. E como tá o Betinho?

A voz de Maíra se alegra.

— Essa semana dormiu todas as noites inteiras. Um sonho. Quem tá me dando trabalho é dona Fátima, que botou na cabeça que já dá pra sair de casa.

— Mas tem que entender o lado dela também. É muito difícil pros velhos. É difícil até pra mim, imagina para quem nem usa whatsapp.

— Não usa porque não quer. Quando foi pra aprender a postar foto dos bolos dela no instagram, aprendeu rapidinho.

Os dois riem. Dona Fátima tinha dessas coisas. Se decidia que ia fazer algo, não tinha santo que a demovesse da ideia, mas se teimava que não ia fazer algo, aí nem o próprio Deus conseguiria empurrar. Domingos gosta muito de dona Fátima, e fica se perguntando por que o filho dela é dono de uma aspereza que não tem nada a ver com ela. O nenê chora ao fundo. Maíra desliga rápido, e Domingos enfrenta o resto da noite com certo alívio. O silêncio perde sua luz de fogo, e ele pode esperar o amanhecer sem medo.

Quando chega em casa, encontra na pia o prato que Lucas usou na noite anterior. É como se a tarefa de cada um fosse apenas deixar uma peça de louça suja para o outro, numa troca de sinais que pelo menos reafirma a presença recorrente deles em casa. Ainda não tem sono. Cuida das roupas. Passa uma vassoura na casa. Liga o rádio. Decide tomar um café com leite antes de deitar. Está tão lento nos movimentos que, quando vê, Lucas aparece na cozinha, se preparando para sair ao trabalho.

— Faço um café com leite pra ti também, Lucas?

O genro olha para ele sem sorrir.

— Aceito. Obrigado.

Domingos quer, mas não consegue pedir desculpas. Tem a nítida sensação de que, se pedir desculpas, vai perder alguma coisa. Para evitar essa perda inespecífica, ele tenta contornar o caroço do problema.

Entrega a xícara para Lucas. Domingos começa dizendo: sobre aquele outro dia... E interrompe-se. Ele está de pé, escorado contra a pia.

— Tu precisar lembrar que agora tu é pai, Lucas. Tem uma responsabilidade maior que a tua própria vida. Eu acho… — Aqui Domingos procura pelas palavras enquanto também procura pelo pano de prato que não está pendurado no fogão. — Eu só acho que me sinto na obrigação de te ajudar a ser pai pro Betinho, já que tu mesmo não teve pai.

Lucas se engasga num gole do café com leite. Levanta num salto com as gotinhas quentes alfinetando sua perna. Para se limpar, estende o braço e agarra o pano de prato que estava o tempo todo sobre o espaldar da cadeira ao seu lado.

— Domingos, eu tenho pai. De onde o senhor tirou que eu não tenho pai?

Ele não consegue lembrar por que tem essa impressão.

— Eu nunca conheci — se defende.

— Porque ele mora no Paraná.

— Tu não fala nele.

— Minha mãe não gosta desse assunto desde que ele se casou de novo.

Domingos já sabia disso? Em todo caso, não era absurdo pensar que Lucas não tivesse pai; tantos meninos do bairro não tinham, era uma coisa normal. Ainda assim, se sente um pouco constrangido. Não consegue chegar a uma conclusão sobre se já deveria saber disso. Talvez Lucas já tivesse comentado em algum churrasco?

Volta do seu breve devaneio e se depara com o genro olhando fixo para ele do outro lado da cozinha.

— O senhor nem tá me ouvindo, né?

— Claro que eu tô, Lucas, eu só...

— Só acha que eu não sou capaz de criar meu próprio filho, acha que eu cresci e vivo que nem bicho, e acha que precisa me dar aula nesse tom condescendente. O senhor quer sempre controlar tudo? Acha o quê, que é dono dessa família?

Domingos nem consegue responder e Lucas já se foi. Nem lembra direito o que significa condescendente, embora saiba que não é isso que estava tentando ser. Está exausto. Vai se preparando para dormir quando recebe uma mensagem da mãe de Lúpino. Ela pede desculpas pela demora. Agradece o aviso dele sobre a fuga do filho. Pede que não se repita, mas garante que está tudo bem. Avisa que tiveram que viajar pela morte do pai biológico de Lúpino. Pede que ele não faça perguntas ao menino quando voltarem.

É tomado de uma pena imensa, ainda que nunca tivesse nem visto o tal pai biológico. Lúpino era um filho sem pai quando chegou àquele apartamento: é a primeira vez que se dá conta disso. Ainda assim, nunca pensou em Lúpino como órfão. Nunca lhe pareceu que o fato de ter um pai ausente seria um problema para aquele menino. Já para Lucas — na impressão equivocada que tinha dele —, tinha certeza de que seria irreparável. É a primeira vez que se pergunta por que isso acontece.

JAÇANÃ

Coube à mãe acalmar Lúpino após seus gritos no cemitério. Depois que o pai vivo e magoado se afastou, o menino correu de volta para o túmulo e, num ato imprevisto até mesmo para ele, começou a chutar o cimento recém-aplicado. A mãe se apressou para pegá-lo no colo e levá-lo para longe enquanto ele ainda berrava que não iria. Sob esse descontrole, ele foi colocado no banco de trás do carro. Aos poucos, os gritos se transformaram numa respiração pesada, e todos os músculos do pequeno rosto de Lúpino estavam retesados quando eles entraram de volta no quarto de hotel.

A família mantinha o silêncio. Lúpino via que os pais trocavam olhares significativos, mas não os sabia interpretar. Foi sentar no chão, atrás da cama de solteiro, olhando para a parede. Ouvia movimentos e cochichos dos pais, mas fazia questão de não se virar na direção deles. Concentrava-se em torcer e retorcer os dedos da mão, tentando sentir cada osso e forçando as articulações em movimentos para os quais elas não estavam predispostas. De repente, a mãe se aproxima. Ela estende o braço e oferece sobre a palma da mão o celular.

— A tua vó quer falar contigo.

Ainda um pouco contrariado, ele pega o aparelho.

— Eu liguei pra dizer que hoje fiz um bolo de chocolate com muita cobertura — diz a voz do outro lado —, e pensei que, quando tu voltar de viagem, a gente pode se fazer uma visita de portão e eu te entrego um pedaço.

A notícia deixa Lúpino radiante, mas ele não quer demonstrar aos pais a mudança de ânimo. Continua encolhido atrás da cama e procura conversar baixinho com a avó. Juntos, traçam os planos para quando se encontrarem. Lúpino se transporta para aquele outro tempo, um tempo que está parcialmente no passado, quando podia abraçar e beijar a avó, e parcialmente se projeta no futuro, quando poderá ouvir sua voz não eletrônica e observá-la ao vivo. Depois de íntimas fabulações, Lúpino desliga e abre um jogo no celular. Tem certeza de que os pais estão ouvindo as musiquinhas, mas eles não interferem. Quando já se sente quase entediado, ouve que a mãe chama seu nome. Ele espera que ela repita, só porque ainda faz questão de fincar pé na sua insatisfação. Então ele se levanta e olha para os pais, que pedem que ele se aproxime. Sentam-se os três sobre a cama de casal.

— Lupi — diz a mãe —, eu vou precisar ficar um pouco mais pra resolver umas coisas com a tua vó daqui, então a gente decidiu que tu e o teu pai vão voltar pra casa hoje mesmo, e eu volto amanhã.

— Não — ele fala, sem saber a que se refere seu protesto.

A mãe tenta entender com algumas perguntas suaves e vagas, tratando de desmanchar o nó apertado em que se transformou a cabeça do filho. Só que Lúpino não é capaz de se explicar. Ele não sabe se não quer viajar sem a mãe, não sabe se não quer voltar para casa, não sabe se não quer ficar só com o pai, ele no fundo intui que não quer absolutamente nada daquilo. A mãe fala baixinho com ele, mas Lúpino só faz endurecer cada vez mais. Os lábios dele tremem. A voz da mãe tenta soar mais e mais delicada.

— Filho — ela diz —, pode chorar, vai ficar tudo bem.

Ele sacode a cabeça de um lado para o outro.

— Respira, filho — ela pede.

Até que ele consegue dizer, entre os dentes, que não vai chorar, que não pode chorar, porque o pai ensinou que meninos não choram nunca.

A mãe olha em choque para o pai por um segundo, até que se dá conta:

— Ah, o teu outro pai.

Lúpino continua olhando para baixo. Antes mesmo que a mãe diga que não é assim, que o pai tinha falado uma coisa errada, ele já começa a deixar as lágrimas caírem. A mãe passa a mão nos cabelos dele. Puxa o filho para um abraço.

— Pode chorar — ela repete.

Quando pegam a estrada, já escureceu. O pai diz que sabe que Lúpino está cansado e vai deixá-lo dormir durante a viagem. Lúpino só assente com a cabeça. Ainda não consegue raciocinar direito. Ele se arrasta até o carro e imediatamente se joga deitado no banco de trás. Ainda percebe que a mãe abre a porta para lhe dar um beijo na testa e prender o cinto de segurança meio torto ao redor da sua cintura. Dorme.

Com o movimento, às vezes sente a consciência quase voltar. Abre os olhos, percebe o escuro da noite. Não identifica árvores nem postes passando na velocidade do carro. É como se a própria noite dançasse ao redor deles. Fecha os olhos, escuta a aspereza da estrada sob as rodas. Sente-se dentro da barriga de um monstro que avança sobre o mundo. O monstro é assustador, mas ele está dentro. Está a salvo.

A parada súbita do carro é um susto para Lúpino. Ele se senta e enfia a cara entre os bancos.

— Vamos jantar? — pergunta o pai, e agarra na mochila duas máscaras de tecido. — Hoje de tarde ninguém se preocupou com a máscara, mas agora a gente precisa voltar a usar, tá?

Lúpino não lamenta. Nesse momento, alguma coisa o seduz na ideia de esconder o rosto. Estão num paradouro cercado de postes de luz. Uma lanchonete pequena fica encravada no meio de uma casa maior de madeira, que parece um misto de moradia com loja de vasos de barro e anões de jardim. Eles entram na lanchonete e encontram uma única funcionária sentada atrás do balcão, lendo o jornal. Lentamente, ela se levanta, procura por uma máscara em algum ponto onde eles não enxergam e se aproxima dizendo um boa-noite que parece um bocejo recheado de paz. Lúpino pensa que ela deve ser a avó de alguém. O pai pede uma torrada completa e um café preto. Volta-se para Lúpino:

— Quer uma torrada de queijo?

Mas ele está de olho num pedaço quadrado de bolo de chocolate sob uma redoma de plástico. Sem dizer nada, aponta o dedo para o bolo. O pai segue a direção apontada com os olhos. Volta-se para ele.

— Doce a essa hora, não.

Lúpino ainda cruza os braços e baixa a cabeça, começa a dizer com a voz fininha que ele queria tanto e que... Mas o pai logo interrompe:

— Não.

Lúpino entende que o mundo se moveu. Ele não está mais na situação de conseguir tudo o que quer por estar triste. Aceita a torrada de queijo e um suco de laranja. Escolhem uma mesinha na parte de fora. Os postes iluminam o mato ao redor. A funcionária logo aparece equilibrando na bandeja todos os itens do pedido. Eles esperam que ela se afaste para retirarem as máscaras. Antes da primeira mordida no pão, Lúpino pergunta:

— Tu é meu pai de verdade ou de faz de conta?

O pai interrompe um gesto no ar. Depois larga a torrada no prato e olha para o filho. Espreme os olhos enquanto levanta o braço esquerdo e, com a mão direita, dá uma beliscão em si mesmo.

— Sou de verdade.

Lúpino contrai a boca e olha para cima, na expressão das crianças que julgam seus pais muito infantis. O pai ri sozinho. Pergunta de onde vem aquela dúvida. Lúpino fala mexendo as mãos.

— É que eu acho que o meu primeiro pai não gostava muito de ficar comigo. Mas ele não tinha como não ser meu pai. Tu tá sempre comigo, mas tu não tava quando eu nasci.

— Eu gosto muito de ficar contigo. Que nem a gente escolhe amigos, a gente pode escolher família também.

Lúpino segura a torrada com um ar desconfiado. O queijo começa a derreter sobre seus dedos. O pai insiste:

— Quem tu quer ter de pai?

O menino olha para ele e não diz nada.

— Pode falar. Tu pode dizer tudo o que tu pensa.

— Tu não vai ficar chateado se não for tu?

A cara do pai parece um pouco surpresa, mas ele mantém a suavidade.

— Claro que não, pode dizer.

Lúpino dá outra mordida. Engole em silêncio. Mais uma mordida e fala de boca cheia:

— Eu queria que fosse a vovó.

O pai dá uma gargalhada feliz, o que parcialmente ofende Lúpino, porque ele não vê a graça. Então o pai para de rir, se ergue sobre a mesa e dá um beijo na testa do filho.

— Se tu não te importar, eu gostaria muito de dividir a vaga com a tua vó. Pode ser?

Lúpino concorda, sério. Termina de comer sua torrada e vai dando goles breves no que resta do suco. Observa um pássaro perto do banhado. Ele tem o corpo marrom, o pescoço preto e parece usar uma máscara vermelha sobre os olhos. O bico é amarelo, e o pássaro nunca se afasta de uma mancha escura abaixo das pernas. Quando olha melhor, percebe que ali estão três pontinhos marrons menores que perambulam num perímetro mínimo ao redor do pássaro maior. Enquanto segue com os olhos o ninhego, está tentando desenhar mentalmente a organização da sua família agora que tem um pai morto, um pai vivo e uma avó em posto duplo. Fica confuso, aquilo não está fazendo sentido. Larga o copo sobre a mesa com tanta força que quase trinca o vidro.

— Mas como é que a gente escolhe uns pra família e outros não? Como a gente escolhe?

O pai se ajeita na cadeira.

— A gente sente, e daí tenta. A gente vai colocando esses rótulos nas pessoas, a gente vai dando nome pras coisas, mas as coisas nem sempre aceitam os nomes que a gente quer dar pra elas.

Lúpino fecha os olhos para pensar melhor. Não funciona.

— Não entendi, pai.

— Tudo bem, filho.

Eles terminam de comer. De novo mascarados, entram para pagar a conta e comprar balinhas de menta. De volta ao carro, Lúpino se acomoda no banco de trás, agora grudado contra uma das janelas. Espera que o pai sente e coloque o cinto, mas, antes que ele ligue o motor, Lúpino chama:

— Pai, pensei melhor e acho que agora eu entendi.

— Que bom, filho.

— Mas eu ainda não tenho certeza.

— Melhor ainda.

Mesmo sentado, não demora a pegar no sono de novo. Quando é sacudido pelo ombro, a noite está ainda mais densa, e eles já estão na sinaleira perto de casa. O pai pergunta se ele quer entrar direto na garagem ou se prefere estacionar na rua para poderem cumprimentar Domingos. Sim!, Lúpino grita em resposta, plenamente desperto. No instante em que ouve o clique de destravamento da porta, se joga para fora e corre na direção da guarita gritando pelo amigo. Domingos aparece diante do barulho. Quando Lúpino está a dois passos de distância, ouve a voz do pai gritando "sem abraço" e estanca a correria. Lúpino e Domingos se encaram com olhos sorridentes, e o menino não sai do lugar, mas começa a dar pulos ao redor do amigo quando anuncia que tem muita coisa para contar.

QUERO-QUERO

Quando Lúpino para de dar pulinhos ao redor de Domingos, ainda o vê abanando para o pai que ficou ao lado do carro. Então Domingos se concentra no menino. Olha de verdade para ele. Diz que ele parece ter ficado maior. Lúpino responde que deve ser porque aconteceu muita coisa. Começa a contar da viagem, de como a estrada era cheia de curvas, dos papagaios com a cabeça vermelha, até que, de repente, se dá conta de que não está contando o principal. Lúpino silencia e, mais uma vez, encontra em Domingos o amigo de que precisa. Diante do mutismo de Lúpino, ele não faz perguntas e diz apenas: tudo bem. Apoia um joelho no chão. Diz:

— Eu também já perdi meu pai.

Lúpino sente os olhos se encherem d'água. Quer e, ao mesmo tempo, não quer estar ali.

No momento exato, o pai o chama para subir. No elevador, ganha um colo que não pediu, mas que o acalma. Assim é levado até o quarto. O pai o coloca na cama sem nem escovar os dentes antes. Ainda que incomodado com tantas quebras de rotina, está exausto e agradecido por deitar em lugar conhecido.

Vai fechando os olhos num misto de vigília e sono, névoa e ausência, e de repente está nos jardins do DMAE, seu lugar preferido de quando ainda se podia ir a lugares. Sempre teve vontade de morar nos edifícios rosados imensos do departamento municipal de água, onde imaginava que bastaria acordar para começar uma aventura. Quando a mãe o levava para passear, ele escolhia onde seria o seu quarto. Quase sempre preferia uma das torres, de onde imaginava que poderia construir um tobogã que acabasse diretamente nas piscinas. Mas agora, no sonho, não está com a mãe. Segura de um lado a mão do pai vivo e, na outra mão, leva um quero-quero por uma coleira como se fosse um cachorro. Nunca teve um cachorro, mas imagina que seria assim. O quero-quero tem uma pose altiva e atenta. Maior do que o normal, ele bate na altura da cintura de Lúpino e tem um volumoso penacho negro. Lúpino quer voar com o quero-quero e tenta soltar a mão do pai, mas ele não deixa. Na linguagem particular dos sonhos, Lúpino olha para cima e sabe que, apesar de ter o rosto do pai vivo, este agora é o pai morto que, em silêncio, diz que não vão se separar nunca mais. Lúpino puxa o braço, mas o corpo impassível do pai não se move. Sente um puxão do outro lado: o quero-quero começou a multiplicar de tamanho, como se fosse um boneco inflável com potencial para abarcar a cidade inteira. Quando o quero-quero há muito já rompeu a coleira e sua cabeça ultrapassa a altura dos edifícios, Lúpino sabe que deve levantar o dedo. Diante desse gesto discreto, o quero-quero abaixa o corpo até a altura dos olhos de Lúpino. Com a mesma intuição de antes, Lúpino abre a mão devagar enquanto encara o quero-quero. E, de súbito, em sua sabedoria onírica, comprime todos os dedos no punho fechado — no mesmo instante, o quero-quero se abaixa e, numa bicada, arranca a cabeça do pai. Lúpino então se vê dentro de um dos tanques de purificação de água. Não se espanta com o fato de que consegue respirar debaixo d'água e tampouco estranha que a avó-albatroz esteja sentada a um canto da piscina, abrindo sobre uma mesa um baralho de cartas. Enfrenta uma breve dúvida sobre se deve caminhar ou nadar, e quando tenta impulsionar o corpo para a frente, o tanque se faz tsunami e Lúpino é lançado por uma onda para o topo da torre onde uma vez quis morar. Ali espera por ele Domingos, mas Domingos fala com a voz da mãe e diz que ele precisa descer as escadarias até o subsolo. Antes que Lúpino tenha a chance de protestar, a torre se desdobra num tobogã que o faz escorregar para baixo da terra. No fundo do poço escuro, Lúpino cai sozinho, sentado contra uma parede fria e úmida. O ar vai ficando mais espesso e mais pesado. Lúpino tenta gritar um chamado para a mãe, mas de sua boca saem apenas pios de passarinhos.

No café da manhã, mal encosta na fatia de pão com manteiga e mel que o pai deixou à sua frente. Revira a colher dentro do leite sem tomar. O pai diz que precisam ir ao supermercado logo mais. Aquilo normalmente animaria Lúpino, que apreciava qualquer chance de sair de casa, mas agora ele não reage. O pai coloca a mão no ombro dele.

— Eu deixo tu ir dentro do carrinho, que tu acha?

Lúpino não responde. Está ainda com a cabeça na noite. Levanta os olhos para observar melhor a cabeça do pai à sua frente. Procura nele sinais do outro, do pai morto, ou talvez sinais de pássaros.

— A gente pode antes ligar pra mamãe?

Lúpino ouve a voz da mãe pelo telefone, mas logo perde o interesse na chamada. O pai pega o celular de volta e diz que está tudo bem. Estão cansados, mas bem. Não precisavam de nada, não, era só saudade. Desliga e pede que Lúpino coloque os tênis para irem ao super. Cinco minutos depois, já com as máscaras colocadas:

— A gente pode ligar pra mamãe?

O pai tira a máscara do rosto. Não entende.

— Mas a gente acabou de ligar.

— Só pra ter certeza que ela tá bem.

Num suspiro, o pai conduz Lúpino até o sofá. Sentados lado a lado, o pai pergunta por que o filho acha que alguma coisa poderia ter acontecido nos últimos cinco minutos. Lúpino baixa os olhos, sem palavras para explicar que só agora consegue entender a aterradora dimensão das surpresas ruins. O pai garante que nada vai acontecer com a mãe, mas Lúpino quer saber como ele pode ter certeza.

O pai tergiversa dizendo que o acontecido com o outro pai era uma coisa muito diferente, porque ele era já mais velho, e Lúpino, de saco cheio de ouvir as mesmas explicações, interrompe para dizer que a vovó é ainda mais velha que ele. É verdade, concede o pai, mas a vovó se cuida muito.

O discurso do cuidado não é muito convincente para Lúpino. Ele bem sabe que, às vezes, a gente pode ter um cuidado imenso com, por exemplo, um pote de pepinos e, ainda assim, ele acabar se espatifando no chão. O pai hesita. Levanta e caminha até a janela, como quem procura na rua uma salvação. Devagar, ele se vira e volta para o sofá, onde Lúpino continua sentado, imóvel. O pai senta de lado, cruza as pernas na posição de lótus e admite:

— A gente não consegue ter certeza do que vai ou não acontecer.

Lúpino se vira de lado também. Aquela brecha prende sua atenção.

— A gente tenta melhorar as nossas chances — continua o pai —, mas o mundo está cheio de coisas que não sabemos. Só que isso não precisa ser uma coisa ruim. Olha os dinossauros, não tem um monte de coisa que a gente não sabe sobre eles? Isso não faz com que eles sejam ainda mais interessantes?

Lúpino pondera. Os dinossauros eram de fato muito interessantes.

— E o oceano! — se empolga o pai. — Até hoje, todos os cientistas do planeta não conseguiram saber tudo que fica no fundo do mar. E as estrelas, elas brilham agora, mas, na verdade, já se apagaram há muito tempo. E o maior mistério de todos, no fim das contas, está dentro de cada um. A gente nunca sabe o que existe na cabeça de outra pessoa, e é por isso que a gente gosta tanto de ficar perto dos outros. Por causa do mistério.

Lúpino volta a observar com cuidado a cabeça deste pai. Não sabe o que fica dentro dela. Desconfia que, caso se concentre muito nos olhos, pode conseguir espiar. Ou, quem sabe, se fosse possível seguir uma linha de visão pelos túneis das narinas e...

— Além do mistério das coisas — o pai continua —, a vida tem o mistério do tempo. A gente não pode saber o que vai acontecer amanhã. Se soubesse, não teria graça.

Lúpino assente com a cabeça, os olhos um pouco ausentes enquanto pensa nessa nova perspectiva.

— Tudo bem, pai. Mas agora a gente pode ligar pra mamãe só mais uma vez?

É o que eles fazem, antes de ganharem as ruas sob o sol ameno de inverno e caminharem até o supermercado em passos sincronizados de pai e filho.

CALOPSITA

No dia de descanso, Domingos não sabe o que fazer. A pandemia inaugurou essa novidade na sua vida: não sabe o que fazer com o tempo. Antes ele nem conhecia a sensação de ócio, sempre às voltas com a filha, os amigos e a casa. A última vez que se sentiu tão sozinho foi quando a esposa morreu.

O celular apita a chegada de uma mensagem. Ele estranha ver o nome do pai de Lúpino. Num calafrio, se pergunta se alguma nova tragédia terá acontecido na vida ainda tão iniciante do menino. Desbloqueia o celular. Custa um pouco para entender o texto: *oi domingos eu peguei o celular do meu pai ele tá no banho a gente voltou do super a gente vai no portão da minha vó igual a gente foi aquela noite.*

Diverte-se sozinho na sala. Responde com uma mensagem mais cuidadosa, dizendo que está feliz por ele. Pergunta se, dessa vez, a avó vai descer e conversar ao vivo. Logo Lúpino responde que sim, que ela já combinou tudo e que vai levar um pedaço de bolo. Domingos responde mais uma vez, comemorando a alegria daquela boa perspectiva para a tarde do pequeno amigo. A mensagem que vem em seguida já é do pai, pedindo desculpas pelo incômodo.

Domingos tem vontade de dizer que não era incômodo nenhum, mas hesita e pensa que pode ser intimidade demais. É melhor não se atrever muito e só aproveitar enquanto Lúpino é criança e fala com ele sem o verniz dos protocolos sociais. Com o tempo, ele vai crescer e provavelmente se distanciar, um pouco por causa da idade, mas também porque vai aprender a separação que existe entre eles. De qualquer forma, quando essa época chegar, talvez já nem seja ele o vigia da rua. Talvez Lúpino não passe pelo constrangimento de algum dia decidir deixar de abraçá-lo: é possível que um dia Domingos apenas desapareça da vida dele.

Não gosta de pensar no próprio desaparecimento. Vai até a cozinha atrás de uma distração. Mais uma vez está faltando água, então ele analisa os galões guardados na área de serviço e calcula se dá para passar um café.

Do outro lado da mensagem, Lúpino não aguenta mais esperar para ir até a avó. Quando finalmente chegam no prédio dela e Lúpino a vê atravessar a porta, sente uma coisa dentro do peito que nunca sentiu antes. Aperta a mão do pai e tem vontade de explodir. Queria enxergar o rosto da avó, mas consegue imaginá-lo. As rugas espremidas do lado dos olhos indicam que ela sorri. Nas mãos, traz um embrulho de papel-manteiga que só pode ser uma fatia de bolo. A ideia era que a avó ficasse do lado de dentro do portão, e Lúpino na calçada junto do pai, mas o fluxo de vizinhos entrando e saindo faz com que eles improvisem um novo plano: o pai espera em frente ao prédio enquanto a avó dá uma breve caminhada com Lúpino ao redor da quadra. Eles saem primeiro lomba abaixo, para depois pegar a esquerda na Casemiro, subir de novo e terminar o passeio de volta à descida.

A avó quer saber do quarto dele, quais brinquedos ele está usando mais ultimamente, quando ele pretende comer o bolo. Não pergunta nada da viagem à Serra. Não pergunta nada sobre a mãe nem sobre o outro pai. Lúpino aprecia a presença sólida da avó. Quando acomoda sua mão entre os dedos fechados dela, sabe que começa uma viagem. Cabe à avó-albatroz ensinar os caminhos dos mares. Sempre foi assim: antes da pandemia-que-não-a-caba-nunca, a avó tinha apresentado para ele os filmes com pessoas de verdade e não desenhadas, também foi ela que o levou ao barco viking do qual Lúpino sentia medo, era só ela que, escondida, deixava ele manipular uma faca na hora de ajudar na cozinha. Depois de meses dentro da segurança da casa, Lúpino sentia muita falta dessa avó que sobrevoava o ninho e o convocava a ter coragem.

Já dobraram a primeira esquina quando ela pergunta se Lúpino tem dormido bem. Ele leva alguns passos para responder. Diz que acha que sim. Depois encontra uma pedrinha para chutar um par de vezes. Diz que está com muita saudade. Que às vezes não consegue dormir porque sente muita saudade das pessoas. Da avó, é claro, mas também dos colegas, da professora e de ir para um lugar bem cheio, como a pracinha da Redenção no sábado, quando podia correr e gritar e se sujar.

— Eu acho que faz tanto tempo que eu não corro — ele diz — que eu nem sei mais como se faz.

A avó ri.

Agora caminham mais devagar, porque estão na subida da Mariante.

— Essas coisas a gente não esquece — responde a avó. — Sabe, quando eu tinha a tua idade, tive uma calopsita. Mas eu ficava com muita pena de passarinho em gaiola.

Lúpino interrompe.

— Vó, tu sabia que a calopsita não é um passarinho? Ela é uma ave.

— Não é a mesma coisa?

— Não, todos os pássaros são aves, mas tem ave que não é pássaro.

— E que mais tu aprendeu sobre os pássaros?

— Hum. Todos os pássaros cantam.

— Eu não sabia. E tem ave que não é pássaro que canta ou tudo que canta é pássaro?

— Ai, agora ficou muito difícil, vó. — Lúpino esfrega a testa. — Vou olhar no celular quando chegar em casa.

— Depois me liga pra dizer. Mas agora deixa eu te contar da minha calopsita.

A avó fala olhando para o céu, como se buscasse nas nuvens as memórias de infância.

— A calopsita ficou anos com a gente. Eu sempre quis soltar, mas o meu pai dizia que passarinho que nasce em gaiola não sabe viver na natureza, porque não aprende a voar. Eu achava aquilo muito esquisito, porque ela fazia todo o resto, se pendurava nas grades, piava, saltava. Então um dia eu sonhei com a calopsita, e ela me pedia pra ir embora. Quando eu acordei, bem cedo, corri até a gaiola, levei pra perto da janela e abri a portinha de metal. Sabe o que a calopsita fez? Saiu voando.

Lúpino escuta a história com espanto. A avó agora olha para ele.

— Porque, mesmo sendo de gaiola, a alma da calopsita já sabia voar. A tua alma ainda lembra como correr, Lúpino, não te preocupa. Quando ela puder, vai correr de novo.

Eles já estão quase contornando a quadra para descer de volta ao edifício. Lúpino tenta investigar esse lugar desconhecido chamado alma para ver se estão lá as lições de como usar o corpo quando se está livre. Olha para os edifícios altos ao redor. Vê cada janela como uma portinha de gaiola. Uma cidade inteira habitada por pássaros de cidade que precisam lembrar que são pássaros.

Viram a esquina e Lúpino enxerga o pai na calçada. Antes que ele possa dar a ideia, a avó já se abaixou ao lado dele para sussurrar: não quer ir correndo até lá? E Lúpino sorri, sente a avó soltar sua mão e sai em disparada na direção dos braços abertos do pai.

De volta em casa, enquanto o pai cozinha, Lúpino envia mais uma mensagem para Domingos, perguntando se ele podia correr no lugar onde ele morava.

Domingos não responde porque está no meio de uma ligação com a filha. Depois de muita insistência da parte dele, Maíra tinha finalmente confessado que Lucas não confiava em Domingos por causa das coisas que ele ouvia sobre a família, sobre como era o casamento dele com a mãe de Maíra.

— Eu conheci vocês juntos e sei como eram felizes — a filha diz —, mas o Lucas não conheceu a mamãe e acha estranho que vocês não tinham casado, casamento assim de papel passado. E que ela não era dona de nada, nem conta no banco ela tinha. Eu também acho estranho, pai, mas eu sei que era coisa de vocês.

Ela faz uma pausa antes de continuar.

— Mas a mamãe sempre disse que um dos sonhos dela era ter casado contigo. Aí eu perguntava por que não tinha casado e ela desconversava, envergonhada. O Lucas acha que era uma coisa meio controladora tua, e eu sei que não era isso, mas não sei o que era.

Domingos não consegue responder.

A respiração fica pesada enquanto ele tenta achar uma palavra. Um silêncio se prolonga do modo estranho e desconfortável que os silêncios pelo telefone se tornam ausências, desprovidos do olhar que seria capaz de preencher o vazio.

— Pai? — vem a pergunta do outro lado.

A voz de Domingos engasga.

No meio de um choro miúdo, tentando fingir que não chora, Domingos pede desculpas, mas não pelo que a filha acha que ele deve pedir desculpas. Domingos diz que gostaria de contar tudo para ela, mas seria melhor ao vivo. Quem sabe uma visita de janela?, ele sugere, e Maíra concorda.

FIM-FIM

Domingos caminha até a casa de Maíra de manhã cedo, antes mesmo de dormir. Ela já espera por ele sentada na soleira da porta, com o filho aninhado no peito.

— Teu neto é um esfomeado, seu Domingos.

O neto está maior. Aumentou em todas as direções: está mais comprido, mais largo, mais rechonchudo e mais cabeludo.

Maíra aponta para uma cadeira de praia encostada contra a parede externa da casa. Domingos se instala a cerca de dois metros de distância. Não gosta dessa exposição, mas agora é preciso seguir em frente. Passou anos evitando dar muita informação aos vizinhos, e agora vai precisar falar à vista de todos.

Começa pedindo desculpas. Nunca imaginou que a filha pudesse chegar à conclusão de que ele não queria oficializar a união com a mulher que sempre chamou de esposa. Na verdade, explica Domingos, era ela quem não podia. Os olhos de Maíra — tudo o que ele vê do rosto dela — se contraem. E então Domingos abre o segredo mais velho que a filha.

— A tua mãe já era casada.

Ela reage numa mistura de riso e incredulidade, mas logo se interrompe ao ver que o pai se mantém sério. Ele conta que a mãe de Maíra tinha casado muito jovem, com dezesseis anos mal completos. Casara-se com um homem bem mais velho, com quem namorava desde os treze. Ele não precisa dar muitos detalhes para dizer o óbvio: o arranjo logo desandou. Ela ainda aguentou um par de anos, por pressão da família, mas um dia fugiu.

— Não sei com que coragem nem com que meios — diz Domingos —, mas ela saiu de casa dizendo que ia até a mercearia e nunca mais voltou. Pegou um ônibus para Porto Alegre, veio parar aqui no bairro.

Domingo espera alguma resposta da filha, que não vem. Então ele explica o quanto pensaram em voltar para o interior e pedir o divórcio, mas ela tinha medo de que ele negasse ou que ficasse violento. Decidiram viver juntos como se a vida começasse ali. Por isso não casaram, por isso a casa que ele ainda estava comprando nunca esteve no nome dela, por isso evitavam esse assunto com a família de Domingos.

— A gente devia ter te contado. Eu devia.

— Não, pai, tá tudo bem — Maíra inclina o corpo na proximidade possível.

— O que importava pra gente era a nossa escolha, e não o que um papel dizia.

O nenê acorda e começa a emitir grunhidos de fome. Domingos baixa a cabeça, num outro tipo de distância.

Lúpino acorda com um carinho da mãe. Leva dois ou três segundos para se dar conta de que é realmente a mãe que está de volta. Finalmente estavam todos juntos e a vida podia voltar ao normal. É isso que ele pergunta à mãe, se a vida agora vai voltar ao normal. Ela hesita um pouco antes de responder. Passa os dedos pelos cabelos do filho. Não consegue segurar uma leve risada.

— Nem sei mais o que é normal, filho, mas vai ficar tudo bem.

Lúpino se senta com as pernas para fora da cama, e a mãe coloca uma das mãos sobre seu ombro.

— O teu pai tá nos esperando na sala. A gente precisa conversar.

Lúpino se enche de medo. As coisas não tinham sido nada boas da última vez que eles tiveram que conversar. Estica o braço na direção dela; se é para receber novas más notícias, ele pelo menos quer ir de mãos dadas.

A família se acomoda no sofá. A mãe começa:

— Lúpino, a gente precisa falar sobre a noite que tu saiu de casa sozinho.

Ele não esperava por isso.

O passeio com Domingos parecia ter acontecido tanto tempo antes que Lúpino não imaginava que ele pudesse agora tomar uma bronca tão atrasada. Começa a pensar como vai fazer os pais entenderem que ele precisava ir até a casa da avó, era uma necessidade, um motivo de força maior, como dizem os adultos. Nem precisa pensar muito, a mãe se antecipa:

— Eu sei que tá difícil, mas sabe de uma coisa? Os tempos difíceis fazem a gente crescer e aprender mais do que nos tempos fáceis. Eu e o teu pai achamos que tu cresceu muito desde que tudo isso começou, e por isso a gente tem uma coisa pra te dar.

Então o pai estende o punho fechado e, quando os dedos se abrem, Lúpino enxerga uma chave azul.

— Essa é a chave da porta — ele diz —, a tua chave da porta.

— A do portão tu ainda não pode ter — continua a mãe —, mas tu pode descer e conversar com o Domingos pelo portão quando quiser.

Lúpino, que já conhece a dificuldade de não encontrar as palavras exatas quando precisa delas, agora descobre o que é sentir um excesso de palavras. A chave é um chamado à aventura; é melhor que o celular, melhor que um dinossauro, mais empolgante que ganhar um cachorro.

— Não é pra usar todos os dias — alerta a mãe —, só de vez em quando.

Lúpino acena com a cabeça em sinal de compreensão.

— Tu e o Domingos se dão bem mesmo — comenta o pai.

— Ele é que nem a vovó — diz Lúpino. — Ela também aprende coisas comigo, mesmo sendo mais velha. Os outros adultos só gostam de ensinar. O Domingos e a vovó fazem as duas coisas.

Domingos volta para casa e dorme um sono de exaustão. Acorda quase na hora de ir para o trabalho. Vai à cozinha às pressas para engolir um sanduíche e encontra uma folha de papel sobre a mesa. *Domingos*, lê escrito na caligrafia grande e redonda do Lucas, *tem um prato pronto pro senhor na geladeira, e um sanduíche embrulhado pra levar*. Mais para baixo, levemente menor: *Desculpe*.

Nunca deixa de se impressionar com o talento culinário do Lucas. Domingos não identifica todos os temperos do feijão, nem da batata tostada, mas aquele prato montado e decorado lhe dá a sensação de abraço de que ele há tanto tempo precisa. Encontra tempo para lavar toda a louça e depois escreve no verso da folha, bem no centro, com suas letras angulosas: *Desculpe também*. Tem vontade de escrever que vai melhorar, que sente orgulho do genro, que é muito feliz por saber que o neto tem um pai amoroso, mas alguma coisa ainda o faz hesitar. Certas transformações demoram mais que o tempo de uma pandemia. Ainda assim, antes de sair, volta para a cozinha e anota: *A comida estava ótima. Tu és muito bom.*

A noite está fria e ventosa. Folhas caídas dançam pelo chão uma sinfonia de sopros. Domingos está dentro da guarita, mas mantém a porta aberta porque o ar frio o deixa mais acordado. Ainda é cedo quando ele vê a porta do edifício se abrir e o pequeno Lúpino a atravessar sozinho, com olhos sorridentes acima da máscara.

O menino corre até o portão e chama o nome dele.

— Oi, rapazinho. Ficou com saudades da tua vó de novo?

— Não, Domingos, eu vim te ver — diz, já se sentando de pernas cruzadas no chão.

— Se é assim... — Domingos traz o banco da guarita para perto e o encosta contra o muro do edifício.

— Hoje de manhã eu vi o meu neto, Lúpino, ele tá cada vez maior.

— Ele também já tem a chave da casa dele?

— Ainda não é pra tanto — Domingos sorri. — Tu tem dormido bem?

Lúpino diz que sim. Tem tido alguns sonhos estranhos, mas já está ficando acostumado. Quando tem dificuldades para dormir, presta atenção nos sabiás. Eles têm sido uma boa companhia. Na verdade, Lúpino comenta que tem ouvido tantos sabiás que parecem estar todos perto da casa dele, de modo que fica preocupado que Domingos fique sem nenhum sabiá para si.

Domingos agradece o cuidado do amigo, mas garante que há muitas outras companhias no mundo.

— Tá ouvindo esse canto agudo, que parece dizer fi-fi ou di-di?

Lúpino presta atenção. Ali está: um canto curto e compassado.

— Esse passarinho também está por todo lugar em Porto Alegre, e ele tagarela durante o ano inteiro. Então ele está sempre por perto, nos lembrando de que não importa o que aconteça com a gente, e não importa quanto tempo a gente fique em casa, a cidade continua vivendo e continua nos esperando.

— E como ele se chama?

— Fim-fim.

matinal

(parêntese)

editora
coragem

Este livro foi composto com fonte tipográfica Cardo 11pt
e impresso em Porto Alegre sob papel pólen bold 90g/m²
pela gráfica Evangraf para a coleção Narrativas
Porto-alegrenses da Editora Coragem em parceria com
o Grupo Matinal Jornalismo, na ocasião dos cinco anos
da Revista Parêntese.

Para pedidos telegráficos deste livro, basta indicar o código
POA010, antepondo a este número a quantidade desejada.
Para pedir um exemplar, é suficiente telegrafar assim:

Narrativas Porto-alegrenses – 1POA010.